Guillaume Sorel

MOTHER

Lettrage : Anne DRANO

casterman

DU MÊME AUTEUR

MOTHER
Éditions Casterman

L'île des morts
1 In cauda venenum
2 Mors ultima ratio
3 Abyssus Abyssum invocat
4 Perinde ac cadaver
5 Acta est fabula
Scénario de Thomas Mosdi

LE FILS DU GRIMACIER
Scénario de Mathieu Gallié

MORT À OUTRANCE
Scénario de Thomas Mosdi
Éditions Glénat

Mens Magna
1 Les loups de Kiev
2 L'aigle d'Égypte
3 Le crépuscule des titans
Scénario de François Froideval
Éditions Soleil

Amnésia
1 Orphée
2 Eurydice
En collaboration avec Michel Crespin
Scénario de Thomas Mosdi
Éditions Le Téméraire

Au "ronfleur de Venise" pour sa confiance et son soutien depuis le commencement.
Cet album existe dans ma tête depuis six ans et dans la sienne depuis aussi longtemps.
Ça aide !

Cet album est librement inspiré de *L'artiste de lune* de David H. Keller.

Le poème cité pages 24 et 26 "Le donneur de mauvais conseils" est extrait du recueil *Les campagnes hallucinées*, d'Émile Verhaeren.

http://www.casterman.com

ISBN 2-203-38944-3

Imprimé en Belgique par Casterman, S. A., Tournai. Dépôt légal : avril ; D. 2000/0053/130.

COMMENT ALLEZ-VOUS WILLIAM ?
VOTRE MÈRE EST LÀ !
MOTHER !
1.

OBSERVE - LES !
RESSENS - LES !
TU DOIS BIEN LES OBSERVER.
CE SONT DES MAÎTRES.
CE SONT TES PÈRES !

3.

APRÈS, SEULEMENT APRÈS ...
... QUAND TU LES AURAS OBSERVÉS, ÉPIÉS... DÉCORTIQUÉS...
... TU SENTIRAS EN TOI CETTE SAINTE FOLIE QUI LES A TRANSPERCÉS...
... MAIS JE SERAI TOUJOURS LÀ !
4-

CRI CRii
CRiii

TOUT ÇA N'A PAS TELLEMENT D'IMPORTANCE.
TU VOIS QUE JE SUIS TOUJOURS LÀ !
CE DOCTEUR MILBURNE EST TRÈS ACCUEILLANT.
LUI, IL SAIT CE QUI EST BON POUR TOI.
BONJOUR WILLY, COMMENT ALLEZ-V...!
QUE FAITES-VOUS ICI ?!
J'AVAIS POURTANT DIT AU MÉDECIN QUE VOUS LUI FAISIEZ DU MAL !
IL N'EST PAS COMME ÇA QUAND...
DÈS QUE VOUS PÉNÉTREZ DANS LE BÂTIMENT IL SEMBLE... RÉGRESSER !
VOUS ÊTES...
6.
FOUTEZ-NOUS DONC LA PAIX !

MADAME, VOS JEUX SONT STUPIDES !
VOUS ÊTES UN MONSTRE ! ESPÈCE DE MALADE !
NOUS PARLIONS, MON FILS ET MOI.
BLAM
CRI CRI CRI

HA HA HA...
AH AH AH...

QUE FAIS-TU LÀ, AVEC TA TÊTE D'ENTERREMENT ?
JE L'AI DÉCHIRÉE. ELLE N'EXISTE PLUS...
POURQUOI ?! PETIT IMBÉCILE !!!
JE N'Y ARRIVAIS PAS...
DE TOUTES FAÇONS... C'EST VOUS QUI L'AURIEZ DÉTRUITE !!!
9

TON FILS NE M'A PAS L'AIR BIEN DÉGOURDI. JE NE L'AURAIS PAS IMAGINÉ UNE PROGÉNITURE SI NIAISE.
ESPÈCE DE DÉGÉNÉRÉE ! TU VAS REGRETTER ÇA. TOI ET LA LARVE QUI TE TIENT LIEU DE REJETON !
NOOON !
10

C'EST VRAI QUE TU AS L'AIR D'UN IMBÉCILE, COMME ÇA... MAIS...
...TU ES UN GÉNIE...
...ET MOI JE SUIS UN VAMPIRE!...
HA HA HA
HA HA HAH

JE VOUS EN PRIE...
EH BIEN WILLIAM, EN QUOI PUIS-JE VOUS ÊTRE UTILE ?
FRANCESCA N'EST PLUS LÀ DEPUIS QUELQUES JOURS, ET...
EH BIEN, IL Y A D'AUTRES INFIRMIÈRES, TOUTES AUSSI SYMPATHIQUES... N'EST-CE PAS ?
CERTAINEMENT, MAIS J'AURAIS VOULU SAVOIR SI...
PEUT-ÊTRE A-T-ELLE CHANGÉ DE SERVICE... OU BIEN...
NON!
NON ! JE NE CROIS PAS !
12

POUVEZ-VOUS ME DIRE POUR QUELLE RAISON MADEMOISELLE ROSSETI N'EST PLUS DANS CE SERVICE ?
NOUS NE SAVONS PAS, DOCTEUR, CELA FAIT TROIS JOURS QU'ELLE N'EST PAS VENUE TRAVAILLER.
PEUT-ÊTRE EST-ELLE MALADE ? ELLE VA NOUS AVERTIR DANS LES JOURS QUI VIENNENT.
JE DEMANDERAI QUE L'ON APPELLE CHEZ ELLE.
AH AU FAIT...
...VOTRE MÈRE EST LÀ !
13

Que faisais-tu là ?! Espèce de ...
Ne viendras-tu pas embrasser ta mère ?!
14

TOUT EST LÀ...
...RIEN NE MANQUE.
COMME À LA MAISON
JE NE TE QUITTERAI PLUS.
RIEN NE PRESSE, DÈS QUE TU VOUDRAS TE REMETTRE AU TRAVAIL...
15
...TA MÈRE SERA LÀ.

TOUTES CES OEUVRES SONT IMPRESSIONANTES, MAIS TOUS CES POSEURS N'Y ONT CERTAINEMENT PAS ENCORE PORTÉ UN SEUL REGARD.
DE TOUTE ÉVIDENCE... MAIS... MOI... JE TROUVE TOUT ÇA... TRÈS...
VOUS VOUS INTÉRESSEZ À LA PEINTURE JUSQU'À QUEL POINT VOUS-MÊME ?
NON ! NON... JE... JE...
JE... JE DOIS VOIR QUELQU'UN. EX... EXCUSEZ-MOI !
16

MÈRE, ENFIN... QU'AI-JE...
OH NON ! MAMAN !...
18

VOUS ÊTES UN MALADE !
VANDALE !
C'EST UN FOU !
QUE SE PASSE-T-IL ? JE SUIS LE DIRECTEUR DE CETTE GALER...
... MAIS VOUS ÊTES FOU !
PETIT IMBÉCILE !
TU AS RECOMMENCÉ !
COMBIEN VA ENCORE ME COÛTER TA FOLIE ?
19

POURQUOI LE DÉTRUIRE ?! ESPÈCE DE SORCIÈRE, SALE ...
POURQUOI LA DÉTRUIRE... CELLE-LÀ ? POUR UNE FOIS... JE L'AIME...
PARCE QU'IL EST MAUVAIS. ET QUE TU NE DOIS PAS LE FINIR !
CELA NE TE REGARDE PLUS... JAMAIS PLUS TU NE TE MÊLERAS DE MON TRAVAIL !
NON.
21

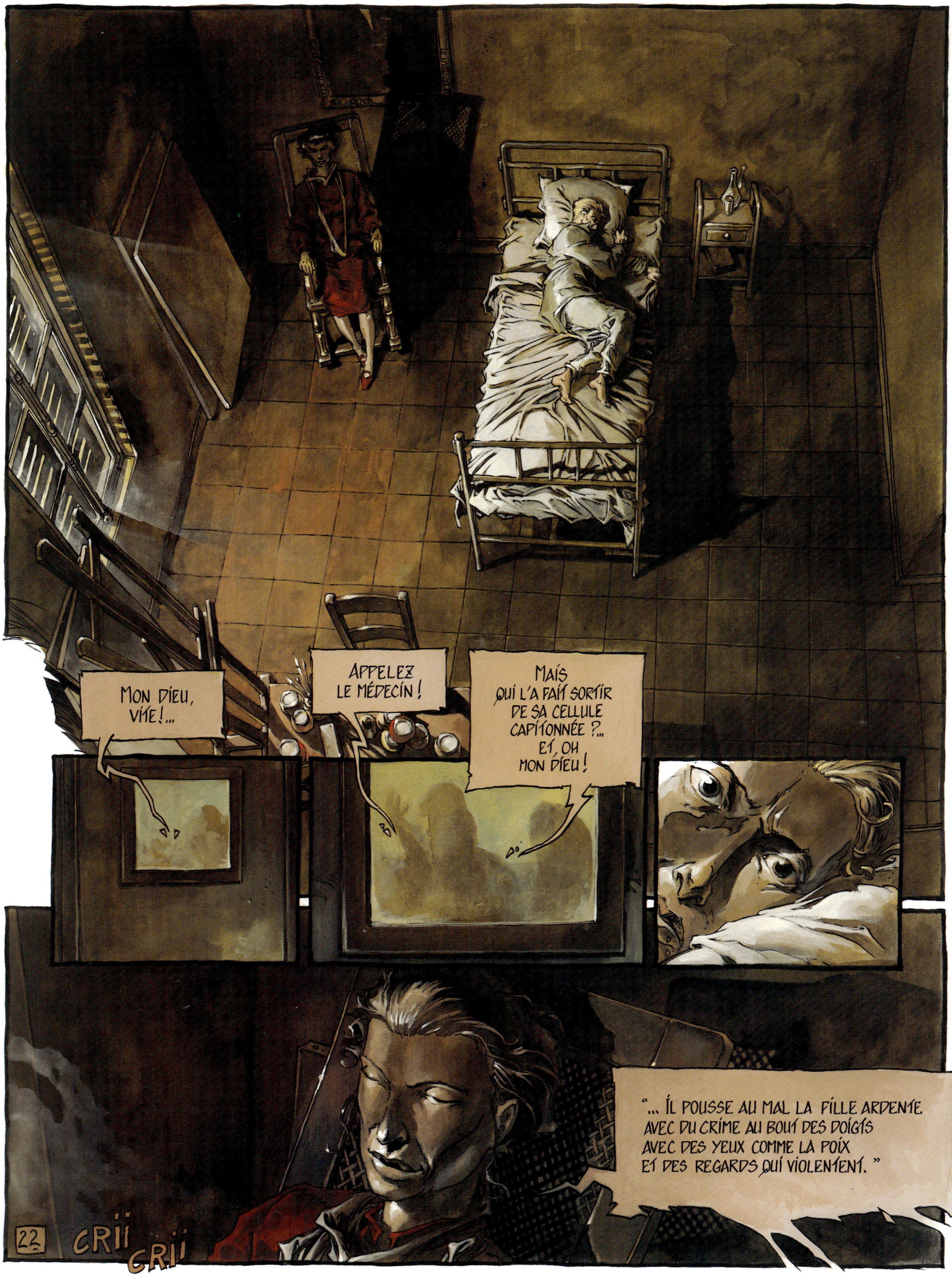
MON DIEU, VITE !...
APPELEZ LE MÉDECIN !
MAIS QUI L'A FAIT SORTIR DE SA CELLULE CAPITONNÉE ?... ET, OH MON DIEU !
"... IL POUSSE AU MAL LA FILLE ARDENTE AVEC DU CRIME AU BOUT DES DOIGTS AVEC DES YEUX COMME LA POIX ET DES REGARDS QUI VIOLENTENT."
22
CRII CRII

DONG
DONG
DONG
DONG
DONG
DONG
DONG
HAAAAAAA
23

"...IL POUSSE AU MAL LA FILLE ARDENTE
AVEC DU CRIME AU BOUT DES DOIGTS
AVEC DES YEUX COMME LA POIX
ET DES REGARDS QUI VIOLENTENT.
IL ATTISE EN SON CŒUR LE VICE
À MOTS CUISANTS ET ROUGES,
POUR QU'EN ELLE LA FEMELLE ET LA
GOUGE
BIFFENT LA MÈRE ET LA NOURRICE
ET QUE SA CHAIR SOIT AUX AMANTS,
MORTE, COMME OSSEMENTS ET
PIERRES, AU CIMETIÈRE..."
24.

Où est-elle ? Que s'est-il passé ?!
Qu'as-tu fait d'elle ?! Maudite !...
Je crois que je l'ai mangée
HA HA HA HA HA
25

SI TU PEIGNAIS AVEC CETTE FOUGUE, TU DÉPASSERAIS DE LOIN TOUS TES PAIRS ...
... LA FIN DE MON TRAVAIL EST PROCHE !
26.

JE NE SAIS PAS CE QU'ILS VONT FAIRE À CE MALADE !
ILS LUI F'RONT JAMAIS ASSEZ À CE BOUCHER...
... PARAÎT QU'IL EN A BOUFFÉ UNE PARTIE...
... ET CRAMÉ LE RESTE.
REMARQUE, CUIT, C'EST MEILLEUR. P'T'ÊTRE QU'IL V'NAIT D'S'EN SOUVENIR !
COMMENT EST-IL ?
IL EST DANS LE CIRAGE, DOCTEUR.
SA MÈRE EST LÀ !

LES CIRCONSTANCES DE VOTRE ARRIVÉE ICI L'AVAIENT TERRIBLEMENT AFFECTÉE, WILLY.
ELLE NE SERA PLUS LÀ POUR VOUS AIDER...
LE FEU! HIER! VOUS NE DITES RIEN, WILLY...
WILLY?...

29.

L'IMPORTANT EST QU'IL SOIT CALME... POUR L'INSTANT, IL DORT.
AH, LE ROCKING-CHAIR, DANS LE COULOIR, LAISSEZ-LE...
BIEN DOCTEUR... BONSOIR DOCTEUR !
30

Toutes ces toiles vierges lacérées...
... Et puis cette dernière peinture...
Cela va paraître curieux, mais la chose qui m'a le plus inquiété à ce moment-là...
...c'est qu'il n'y avait aucun instrument tranchant dans cette chambre.
Précisément, cette peinture ! Il me faut la voir. C'est important pour moi...
Je savais que les visites répétées de sa mère freinaient sa guérison.
Alors, pourquoi la laisser venir ?!
La lune...
... À ce moment, j'ai cru que cette peinture était le signe de la délivrance.
31

ELLE ÉTAIT PLEINE, QUAND IL A COMMENCÉ...
VOUS SAVEZ CERTAINEMENT QU'IL NE RESTE QUE TRÈS PEU DE SES ŒUVRES...

ÍL NE RESTE, À MA CONNAÍSSANCE, QU'UNE VINGTAINE DE TOILES QU'IL N'A PAS DÉTRUITES...
QUOIQUE, APRÈS CE QUE VOUS VENEZ DE ME RACONTER... DE SA MÈRE.

JE LES POSSÈDE TOUTES...
33

IL N'A PAS HÉSITÉ.
JE N'AI VU À AUCUN MOMENT UNE ESQUISSE, UN CROQUIS.
ELLES SE RESSEMBLAIENT...
... COMME DES SOEURS...

ELLES RESSEMBLAIENT...
... À SA MÈRE ?!

D'UNE CERTAINE FAÇON.
35.

EN FAIT DE DÉLIVRANCE...
... IL Y AVAIT CE VIDE, CET ESPACE... UNE TACHE DE LUMIÈRE DANS CET ENFER GLACÉ...
36

PRESQUE UN MOIS.
IL S'ALIMENTAIT PEU.
IL N'A ADRESSÉ LA PAROLE À PERSONNE.
ET ÇA A ÉTÉ FINI.

C'EST FABULEUX!
JE PEUX LA VOIR ?!
JE VAIS FINIR MON RÉCIT !...

MON DIEU !
CLAC
JE RESTERAI LÀ CETTE NUIT MADEMOISELLE.
PEUT-ÊTRE EN EST-CE TERMINÉ !
SOUHAITONS-LE, DOCTEUR.
EN ESPÉRANT QUE L'ISSUE NE LUI SOIT PAS FATALE.
39.

40

CETTE LUMIÈRE !
JE NE CROIS PAS... JE NE SUIS PLUS SÛR...
...SUR LE MUR.
41.

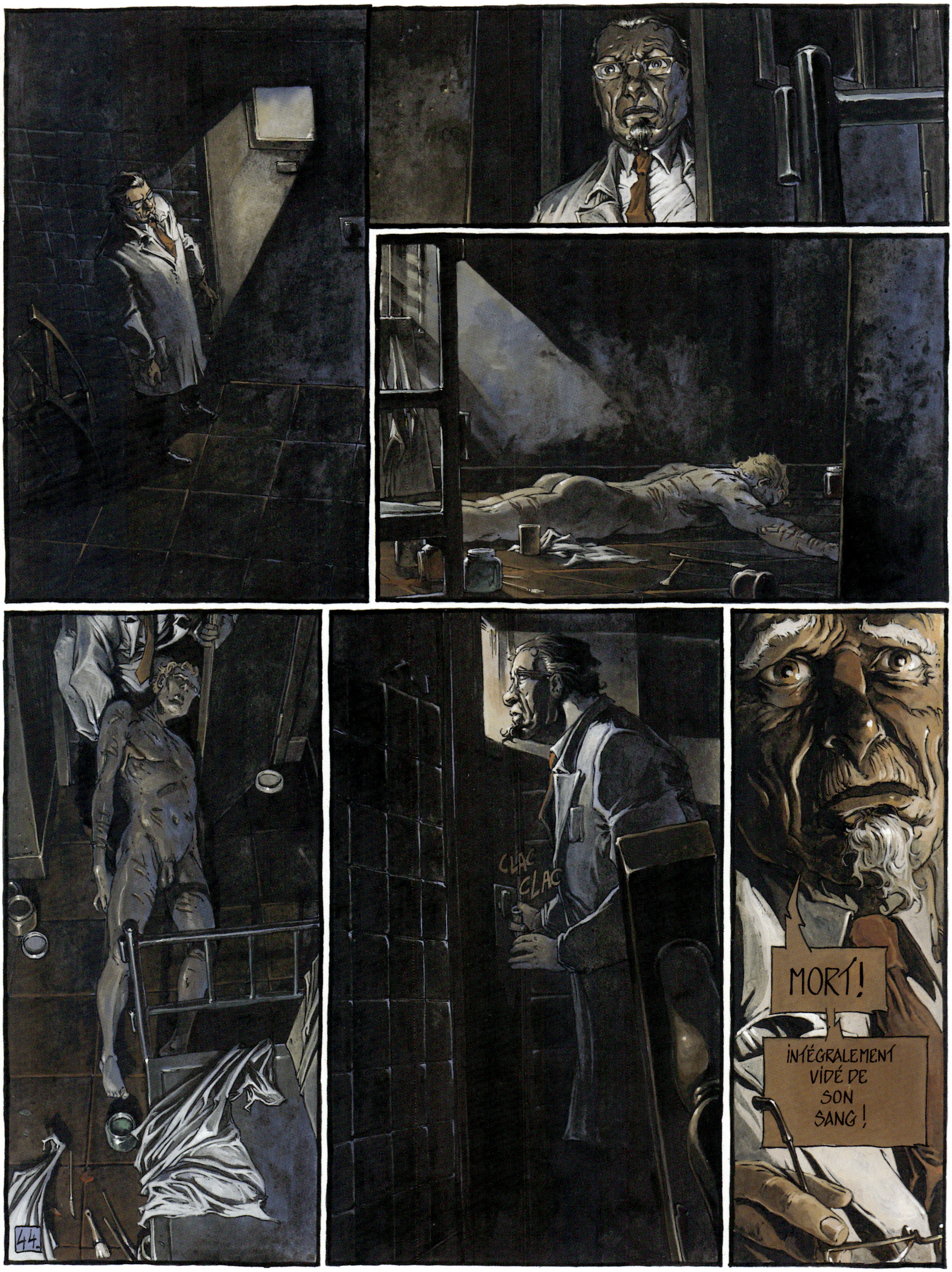
CLAC
CLAC
MORT !
INTÉGRALEMENT VIDÉ DE SON SANG !
44.

DES BLESSURES, PETITES MAIS TRÈS PROFONDES.
MAIS OÙ... OÙ ÉTAIT LE SANG !?
TOUT CELA NOUS RAMÈNE À DES HISTOIRES BIEN ANCIENNES.
ON POURRAIT PARLER DE NÉCROMANCIE MÉDIÉVALE, ET...
JE NE VOUS DONNERAI AUCUNE EXPLICATION DE TOUT CECI.
JE N'EN CONNAIS AUCUNE DE PLAUSIBLE.
LES CICATRICES DES MORSURES À MES CHEVILLES SONT BIEN LÀ, ELLES...
MAIS DOCTEUR ! JE VOUS EN SUPPLIE !...
CETTE FRESQUE ... EST-CE QUE JE VAIS POUVOIR LA VOIR ?!
45
LE LENDEMAIN, COMME TOUTES LES FORMALITÉS ÉTAIENT RÉGLÉES, JE SUIS RETOURNÉ DANS LA CHAMBRE.

MÊME LA FRESQUE DISPARUE, LA PRÉSENCE DU VISAGE DE CETTE FEMME RENDAIT CE MUR PLEIN ...
CE SOURIRE ...
... AI-JE VU CETTE ÉCUME SANGLANTE AUX COMMISSURES DE SES LÈVRES ?!
TOUJOURS EST-IL QUE J'AI BRÛLÉ CE MORCEAU DE TOILE ...
FIN.

Guillaume Sorel

MOTHER